# Der Mann nach der Uhr

## oder

## Der ordentliche Mann

**Theodor Gottlieb von Hippel**

# Lustspiel in einem Aufzuge

# Personen.

Herr Orbil.

Wilhelmine, seine Tochter.

Valer, ihr Liebhaber.

Der Magister.

Lisette, Wilhelminens Mädchen.

Johann, Valerens Bedienter.

*Der Schauplatz ist in einem Zimmer, in Orbilens Hause, wo eine oder zwey Stubenuhren angebracht werden können.*

*Orbil allein.*


ORBIL. Nun das finde ich trostreich, wenn man so gar auf seine leibliche Tochter warten muß Es hat 11 geschlagen, und sie ist nicht da Wilhelmina! *Er sieht nach der Uhr.* Schon eine Minute drüber –Wilhelmina! gleich wieder eine Secunde Wilhelmina! Ich möchte rasend werden Keinen Zug von ihrer seligen Mutter die gute Frau! Wie sehr gieng sie mir zur Hand, wie ordentlich war sie! Eine Stubenuhr wenigstens konte man vollkommen bei ihr entbehren Je nun! kommt Zeit, kommt Rath! Wenn ich erst Wilhelminen los bin, wer weiß, wozu ich mich entschließe. Ich bin den 24. December anni currentis Abends 3 Viertel auf Uhr nicht älter, als 50 Jahr, und mein zeithero schlecht und recht geführter Lebenswandel hat mich so munter erhalten, daß ich wohl auf Leibeserben *Er sieht nach der Uhr.* Es ist ein Viertel! Wilhelmina!


*Der zweyte Auftritt.*


*Wilhelmina. Herr Orbil.*


WILHELMINA. Herr Vater!


ORBIL *hönisch.* Jungfer Tochter!


WILHELMINA. Es hat eben geschlagen


ORBIL *aufgebracht.* Sie fängt an meine Uhr zu reformiren Sind das die Früchte meiner ordentlichen und beschwerlichen Erziehung? Rede Es hat eben geschlagen


WILHELNIINA. Wie ich sage


ORBIL *aufgebracht.* Was?

WILHELMINA. In dem ich herging

ORBIL. Was?

WILHELMINA. Schlug ein Viertel.

ORBIL. Ich erhole mich! Aber du bist ja um 11 bestellt

WILHELMINA. Minuten auf 12 ich versichere Sie

ORBIL. Und ich versichere Sie, daß ich daran zweifle.

WILHELMINA. Wenn es auf den Gehorsam Ihrer Tochter ankommt: so sollen Sie nie zu zweifeln Ursache haben.

ORBIL *vor sich.* Sollte auch der Magister vor ihr bestellt seyn? *Zu ihr.* Laß sehen! *Er zieht eine Schreibtafel heraus und liest pedantisch.* 6. 7. 8. 9. 10. 11. *Vor sich.* Sie hat recht, der Magister ist ausgeblieben *Zu ihr.* Du hast recht, meine Tochter mein Gedächtniß! mein Gedächtniß! Es hätte mich um ein guter Freund besuchen sollen, mit dem ich eine Sache von Wichtigkeit in deiner Gegenwart abzuthun habe Er muß krank geworden seyn an Ordnung kann es ihm nicht fehlen Hör meine Tochter!

WILHELMINA. Was befehlen Sie, Herr Vater?

ORBIL. Ich will dich verheirathen.

WILHELMINA. Mich?

ORBIL. Dich, mein Kind! und der gute Freund, den ich bestellet hatte *Vor sich.* Ich will sie ausholen! *Zu ihr.* du kennst doch den Herrn Valer?

WILHELMINA *vor sich.* Ob ich Valeren kenne? *Zu ihm.* Ja! Herr Vater.

ORBIL. Er ist reich, wie man sagt.

WILHELMINA. Ja, Herr Vater.

ORBIL. Und von guter Familie.

WILHELMINA. Ja, Herr Vater.

ORBIL. Und galant.

WILHELMINA. Ja, Herr Vater.

ORBIL. Und verliebt in meine Tochter, wie es mir vorkommt.

WILHELMINA. Ja, Herr Vater.

ORBIL. Und meine Tochter würde ihn, weil sie doch ohne Widerrede lieben soll, ohne Zweifel allen Mannspersonen vorziehen?

WILHELMINA *nach einer kleinen Pause.* Ja, Herr Vater.

ORBIL. Und ihn heirathen?

WILHELMINA. Ja, Herr Vater.

ORBIL. Nein, Jungfer Tochter.

WILHELMINA *vor sich.* Ich bin verrathen.

ORBIL. Herr Valer kann wohl ein Liebhaber vor Sie seyn, allein er ist darum kein Schwiegersohn für mich. Die Unordnung selbst Er steht auf, wenn es ihm einfällt um 7, um 8, um 9. und denn hat er nicht wie andre ehrliche Leute seine Thee- und Kaffeetage Nein! er weiß kaum eine halbe Stunde vorher, ob er Thee oder Kaffee nehmen wird. Des Mittags richtet er sich nach seinem Hunger! Er geht um 12, um 1, um 2 Uhr zu Tische, und speiset nicht, was sich an jedem Tage nach unseren Landesverfassungen und wohl hergebrachten Gebräuchen geziemet, sondern was ihm sein Speisewirth giebt. Ich glaube, daß mancher Sonntag vorbeigeht, ohne daß er braunen Kohl ißt. Ja es ist eine Frage, ob er weiß, daß Mittwoch und Freitag im ganzen Königreiche Fischtage sind und so wie er wacht: so schläft er auch. Heute des Abends um 10 beim Lombertisch und morgen um diese Zeit im Bette.

WILHELMINA. Herr Vater

ORBIL. Nein, Nein! Herr Valer, Sie gehören an den Hof, wo man den Tag zur Nacht, und die Nacht zum Tage macht: und nicht in das Haus eines ordentlichen Mannes. Du weist meine Art zu leben, Wilhelmina! Ich stehe auf; nicht, weil ich ausgeschlafen habe, sondern weil es 6 ist. Ich gehe zu Tische, nicht, weil mich hungert, nein, sondern weil es 12 schlägt. Ich lege mich nieder, nicht, weil ich schläfrig bin, sondern weil es 10 ist. Ich weiß, was ich, geliebts Gott! übers Jahr, diesen Mittag essen werde, und was ich vorm Jahr um eben diese Zeit gegessen habe; allein weist du wohl, daß ich bei alle dem gewiße Anfälle von der Koliqve habe, die mir eben nicht viel gutes prophezeyen. Sage rede wie will ein Mensch, wie Valer, bey so vieler Unregelmäßigkeit einen gesunden Leib behalten? Und wie kannst du dir von ihm gesunde Kinder versprechen?

WILHELMINA. Aber davon

ORBIL. Ja was noch mehr ist, so weiß ich gar nicht, wie er seinem Amt vorsteht. Für einen Menschen, der in Eid und Pflicht genommen ist, ist er mir viel zu wenig beschäftiget. Er hält mich auf, so oft er herkommt Allein es ist kein Wunder! Ich frage ihm neulich, was seine Uhr ist? und seine Uhr ist zu Hause! Und warum zu Hause, Herr Valer? Sie steht!

WILHELMINA. Es kann seyn, daß Herr Valer

ORBIL. Und sage selbst, ist es nicht eine wunderbahre Art, wie er seine Liebe zu dir gegen mich äußert Er kommt, rühmt meine Tochter und seufzt! Ich frage ihn, ob er schon in seinem Leben geliebt hätte? Er seufzt und das thut er, so oft von der Liebe oder von Wilhelminen die Rede ist. Ich habe doch auch in meinem Leben geheirathet; allein so einen einfältigen Antrag habe ich deinem seligen Großvater nicht gethan. A propos! fieng ich an, Sie haben eine schöne Tochter! Darauf setzte ich mich nieder, sah nach meiner Uhr, und sagte: Es ist spät! Wollen Sie mir Ihre Tochter zum ehelichen Gemahl geben? Das nenne ich doch noch ehrlich und ordentlich zu Werke schreiten.


WILHELMINA. Erlauben Sie


ORBIL. Kurz und gut mein Kind! Herr Valer ist ein unordentlicher Mensch. Du hast gehört, wie viel Mühe ich mir gegeben habe seinen Carackter auszufragen Wilhelmina Orbil soll seine Frau nicht werden, und um sie vor seinen romanhaften Aufwartungen in Sicherheit zu sezzen, so soll sie je eher je lieber die Frau eines andern werden.


WILHELMINA. Ach! Herr Vater!


ORBIL. Sie soll! sage ich *Er sieht nach der Uhr und sagt erschrocken.* Es ist halb! Die Fortsezzung folgt künftig. Du weißt, daß ich heute außer Hause speise daß du nur nicht länger als die gewöhnliche Zeit am Tisch bleibest, und das Benedicite und Gratias fein laut und deutlich hersagest. Ich habe es von einem sehr geschickten Arzte gehöret, daß die Ordnung beim lieben Essen nöthiger als die Verdauung selber sei, wenn es uns gehörig anschlagen soll Wie ich sage, Wilhelmine, laut und deutlich! Ihr jungen Leute seht den Nutzen nicht ein, den die güldenen Lehren eurer Eltern mit sich führen, aber ihr erfahrt es endlich mit eurem Schaden und denn ist es gemeiniglich zu spät Ja was ich noch sagen wolte, Käse und Butter muß nicht von der Tafel bleiben, wie es wohl leider! zu einer Zeit in meiner Abwesenheit geschehen ist. Es ist alles der Zeit und der Ordnung wegen, und überdas so ist so was gut den Magen zuzuschließen, ich halte es dahero durchaus für keine Mahlzeit, die nicht mit einer Suppe angefangen und mit Käse und Butter geendiget wird. *Vor sich, indem er Hut und Stock nimmt und sich allenfalls das Kleid abbürstet.* Der Himmel weiß, wie ungern ich heute ausgehe ich bin nirgends lieber als zu Hause und das könnten meine guten Freunde wohl aus der Bedingung schließen, unter der ich jederzeit ihr Gast bin. Den Abend vorher schicke ich meinen Küchen- und Kellerzettel hin, wo ich morgen speisen soll, und esse und trinke nie etwas anders, als was ich zu Hause würde gegessen und getrunken haben. Was kann man machen Es sind Bluts- und Gemüthsfreunde *Zu ihr.* Gott befohlen bis aufs Wiedersehen meine Tochter! Das Benedicite und das Gratias, Käse und Butter du nimmst alles auf dein christliches Gewissen. Um 2 Uhr erwarte ich dich hier. Hörst du Wilhelmine, um Uhr Nachmittage des jetzt laufenden Tages.


*Der dritte Auftritt.*


WILHELMINE *allein.* Ach ich Unglückselige! Valer und ich verrathen, und das durch meine Unvorsichtigkeit Ich in den Armen eines andern Er unglücklich und warum? weil seine Uhr steht, weil er nicht seine Theetage hält, oder weil er nicht Sonntags braunen Kohl ißt. Welchen Grillen hängt mein Vater nach und ich soll ihm gehorchen einem Manne gehorchen, der mein Herz durch tausend harte Begegnungen wider ihn aufgewiegelt hat, und der, um mich vollkommen unglücklich zu machen, mich nach seiner Taschenuhr verheirathen will. Ein grausamer Vater! doch vielleicht ist ers weniger, als ich mirs einbilde wie zärtlich liebte er meine selige Mutter und seine harte Begegnungen gegen mich, sind sie wohl auf eine andere Rechnung, als auf die seines wunderlichen Karakters zu schreiben? Noch hör ich die Stimme meiner sterbenden Mutter: Ehre deinen Vater, und du wirst glücklich seyn. Ich will ihn ehren und Valer hat er nicht selbst Schuld an seinem Unglück? Warum geht er nicht mit meinem Vater auf einem solchen Fuße um, als es sein Eigensinn fordert und kenne ich auch wohl Valeren ganz? Was für Schwürigkeiten für ein Frauenzimmer, das Herz ihres Liebhabers auszustudiren! Vielleicht ist er in der That zu unordentlich, für ein Mädchen, das so peinlich erzogen ist Ach! *Sie weint.*


*Der vierte Auftritt.*


*Wilhelmine. Lisette.*


LISETTE. Sie weinen, Mademoiselle?

WILHELMINE. Ich weine.

LISETTE. Darf ich die Ursache wißen?

WILHELMINE. Valer

LISETTE. Liebt Sie nicht mehr?

WILHELMINE. O an seiner Liebe habe ich nie gezweifelt Sein Herz ist zu ädel Er liebt mich

LISETTE. Er liebt Sie und Sie weinen?

WILHELMINE. Er liebt mich und ich weine!

LISETTE. So soll er Sie also nicht lieben?

WILHELMINE. Nein! Weil ich ihn nicht wieder lieben kann.

LISETTE. Sie scherzen.

WILHELMINE. Ich scherze nie, wenn ich weine.

LISETTE. Sie können ihn nicht wieder lieben?

WILHELMINE. Ich kann ihn nicht wieder lieben.

LISETTE. Armer Valer!

WILHELMINE. Arme Wilhelmine!

LISETTE. Aber warum können Sie ihn nicht wieder lieben, den artigen Valer, der Sie anbetet, und der überhaupt

WILHELMINE. Fehler hat, die mich vielleicht bei ihm unglücklich machen würden.

LISETTE. Was für Fehler kann wohl ein junger Herr haben, der Mademoiselle Wilhelmine liebt, der treugehorsamen Lisette manchen gehörnten Siegfrieden in die Hand drückt, und seinen Bedienten verheirathen will Das kan ich doch nicht absehen, was Herr Valer für Fehler haben soll.

WILHELMINE. Mein Vater würde sie euch beßer angeben können, als ich

LISETTE. Also will Ihr Herr Vater

WILHELMINE. Daß ich ihn nicht lieben soll.

LISETTE. Und Sie wollen –?

WILHELMINE. Ihm gehorchen.

LISETTE. Mademoiselle, Ihr Herr Vater kann wohl ein guter Mann seyn, wenn er seine Tasch-, Stuben- , Sonn-, Sand- und Wasser-Uhren stellt, im Haus-, Wirthschafts- und Addreß-Calender ließt, oder Ich mag nichts mehr von ihm sagen, allein so viel ist doch gewiß, daß er in Liebesangelegenheiten unmöglich für znverläßig könne gehalten werden. Was will er denn mit Ihnen anfangen?

WILHELMINE. Er will mich verheirathen.

LISETTE. Und an wen?

WILHELMINE. Das konnte er mir nicht sagen, weil es halb war.

LISETTE. Ohnfehlbar an einen Uhrmacher oder Nachtwächter, denn das sind die einzigen Personen, die ich ihn habe rühmen hören. Er nennt sie zuweilen die Beförderer der Ruhe und der Wohlfarth des Staates, und wenn es nicht seinem Stande ganz und gar zuwider wäre: ich würde wetten, Sie müßten sich zu einem von beiden entschließen. Ich bedaure Herrn Valeren.

WILHELMINE. Valer ist die Unordnung selbst, sagte mein Vater. Er weiß nicht, wenn er aufsteht, speist, oder schlafen geht, hat nicht einen immerwährenden Küchenzettel

LISETTE *fallt ihr poßierlich in die Rede.* Trinkt nicht alle hohe Festtage Weinchokolade Nimmt nicht alle Viertel Jahre zu purgiren ein

WILHELMINE. Da kommt Johann. Ich will ihn nicht sehen!

LISETTE. Allein ich kann ihn doch sehen?

WILHELMINE *verlegen.* Ihr könnt ihn sehen.

LISETTE. Und mit ihm sprechen?

WILHELMINE. Und mit ihm sprechen. *Geht ab.*


*Der fünfte Auftritt.*


*Lisette. Johann.*


LISETTE. Der arme Valer!

JOHANN. Der arme Valer!

LISETTE. Und er weiß auch schon um die Sache?

JOHANN. Ich sollte es nicht wißen, allein von wem hat sie es erfahren?

LISETTE. Von Wilhelminen.

JOHANN. Und Wilhelmine?

LISETTE. Von ihrem Vater, dem Herrn Orbil.


JOHANN. Nun das muß ich gestehen, daß die Verliebten die größten Schwätzer sind, die der Erdboden trägt. Mein Herr hat es mir bey ewiger Ungnade verboten, mich gegen jemand in diesem Hause auszulaßen, es sey wer es wolle und Jungfer Lisettgen weiß es so gar.


LISETTE. Er macht mir ein verbindlich Kompliment. Ich denke doch, was Monsieur Johann wißen kann


13/43

JOHANN. Das solte von Rechtswegen keine lebendige Seele in diesem Hause wißen.

LISETTE. Und Wilhelmine?

JOHANN. Wilhelmine am wenigsten.

LISETTE. Ich glaube, er raset Wie sollte wohl Wilhelmine eine Sache nicht wißen dürfen, daran sie doch einen so großen Antheil hat?

JOHANN. Sie hätte es zeitig genug in der Ehe erfahren.

LISETTE. Sie soll etwas in der Ehe erfahren, da doch nichts aus der Ehe wird?

JOHANN. Und also will Herr Orbil meinem Herrn seine Tochter abschlagen, weil er sein Vermögen eingebüßt hat?

LISETTE. Sein Herr hat sein Vermögen eingebüßt?

JOHANN. Herr Orbil will meinem Herrn seine Tochter versagen?

LISETTE. Was hör ich?

JOHANN. Was hör ich?

LISETTE. Das giebt mir Wunder.

JOHANN. Ich erstaune.

LISETTE. Aber warum erstaunt er, da er davon gewußt hat?

JOHANN. Und warum wundert sie sich, da sie es von Wilhelminen gehört hat?

LISETTE. Ich hätte von Wühelminen gehört, daß sein Herr arm geworden wäre?

JOHANN. Und ich hätte von Valeren gehört, daß er einen Korb bekommen würde?

LISETTE. Wir haben uns einander unrecht verstanden.

JOHANN. Und Dinge entdeckt, die wir hätten verschweigen sollen.

LISETTE. Sey er verschwiegen.

JOHANN. Ja wenn sie nur schweigen könnte.

LISETTE. Da hat er meine Hand.

JOHANN. Da hat sie meinen Mund. *Er küßt sie.*

LISETTE. Er untersteht sich weiß er auch wohl, wenn sein Herr in diesem Hause in allen Gnaden verabscheidet wird, daß Monsieur Johann

JOHANN. Jungfer Lisettgen dennoch wohl heirathen kann, *Er seufzt.* wenn sie es gütigst erlauben will.

LISETTE *vor sich.* Der arme Schelm! das Herz bricht mir! *Zu ihm.* Ich will sehen, was sich thun läßt Aber wie hat er seine betrübte Nachrichten erfahren, da sein Herr so zurückhaltend ist?

JOHANN. Wir haben seit einigen Wochen so viel Expreßen abgefertiget, die sein Vater an ihn geschickt hat, daß es wohl nicht anders möglich war, als daß ich hie und da ein Wort auffangen muste, und das ist vor einen Kerl von meinen Gaben schon zureichend, ein Geheimniß auszuforschen. Ich weiß nur seit ehegestern die nähere Umstände. Mein Herr aber muß sie ohne Zweifel schon eher gewußt haben. Sein finsteres melancholisches Gesicht, das sie seit einiger Zeit an ihm bemerkt haben muß, hat mir nie viel Gutes prophezeiet Heute bekam er Briefe von der Post, und er mochte sie kaum halb gelesen haben: so schickte er mich her das muß wieder was zu bedeuten haben!

LISETTE. Und was hat Monsieur Johann im übrigen hier zu bestellen?

JOHANN. Eigentlich mache ich Jungfer Lisettchen meine Aufwartung, und weil ich doch schon herging, so hat mir mein Herr aufgetragen ihrer Herrschaft ein Compliment zu machen, und um gnädige Audienz anzuhalten.

LISETTE. Davon möchte wohl kaum etwas werden. Meine Jungfer speist und kann also

JOHANN. Er will sie aber sprechen.


*Der sechste Auftritt.*


*Die Vorigen. Herr Valer.*


VALER. Ja ich will, ich muß sie sprechen, die liebenswürdige Wilhelmine. Ich weiß, ihr Vater ist nicht zu Hause, und wird so bald nicht wieder kommen: und gesetzt er käme

JOHANN. Er würde uns ohne Zweifel recht höflich willkommen heißen.

VALER. Ich brenne vor Begierde ihn Vater zu nennen.

JOHANN *vor sich.* Das kann wohl seyn; allein ob er auch brennen wird Sie Sohn zu nennen, das ist eine andere Frage.

VALER *er giebt Lisetten etwas.* Kann ich Wilhelminen sprechen?

LISETTE *besieht es und sagt.* Nein, Herr Valer.

VALER *giebt ihr noch etwas.* Thue Sie ihr bestes!

LISETTE. Ich zweifle

VALER *giebt ihr noch etwas.* Meine Glückseligkeit –

LISETTE. Ich sollte denken *Sie geht ab.*

JOHANN *vor sich.* Lisette ist meiner vollkommen würdig.


*Der siebente Auftritt.*


*Valer und Johann.*


VALER. Johann!

JOHANN. Mein Herr!

VALER. Hast du mit Lisetten gesprochen?

JOHANN. Ja, mein Herr! Sachen von der äußersten Wichtigkeit!

VALER. Hast du mit ihr vom Orbil geredt? Was sagt sie von mir? Was von Wilhelminen? Hat sie dir was entdeckt?

JOHANN. Ja, mein Herr, ja, ja, ja.

VALER. Spitzpube!

JOHANN. Um Verzeihung mein Herr auf 4 Fragen gehören 4 Antworten.

VALER. Ich will ohne Poßen wißen

JOHANN. Das wichtigste von unserer Unterredung ohnfehlbar?


VALER. Nun?


JOHANN. Das wichtigste unserer Unterredung bestehet darinnen, daß meine Wenigkeit Jungfer Lisetten nicht gleichgültig ist.


VALER. Der Bärenhäuter hat mich zum besten! Hat nicht Lisette an Wilhelminen oder mich gedacht?


JOHANN. An alle beide.


VALER. Geschwind! Was hat sie gesagt?


JOHANN *vor sich.* Was soll ich sagen? *Zu ihm* Sie frug mich, wie Sie sich befänden, und da ich mich aus Höflichkeit nach dem Wohlbefinden ihrer Jungfer erkundigte, so sagte sie: Ich danke vor die gütige Nachfrage, noch immer so bei demselben.


VALER. Spitzbube! Entweder du sagst mir; oder *Er will ihn schlagen.*


JOHANN. Ich sage ich sage da kommt Wilhelmine!


*Der achte Auftritt.*


*Die Vorigen. Wilhelmine und Lisette.*


VALER. Sehen Sie mich heute, schönste Wilhelmine! sehen Sie mich ohne jenen finstern Zug, den Sie mir seit einigen Wochen vorgerückt haben, und erlauben Sie es, daß ich mein Vergnügen mit Ihnen theilen darf. Ich habe eben erfahren


WILHELMINE. Daß ich Sie nicht lieben soll?

VALER. Daß Sie mich nicht lieben sollen?

WILHELMINE. Das will mein Vater.

VALER *betroffen.* Und was wollen Sie denn?

WILHELMINE. O fragen Sie mich nicht, was ich will. Fragen Sie mich, was ich als Tochter muß.

VALER. Und was müßen Sie?

WILHELMINE. Gehorchen!

VALER. Himmel! bin ich denn zum immerwährenden Kummer bestimmt? Kaum erhole ich mich von gewissen Bekümmernißen, die ich Wilhelminen nicht darum verschwieg, weil ich befürchtete, bei dem Verlust meines Vermögens ihr Herz zu verlieren. Nein! Dazu hielt ich sie zu großmüthig. Ich liebte Sie aber zu sehr, als daß ich Sie durch meine Befürchtung hätte niederschlagen sollen. Es war an dem, daß mein Vater sein Vermögen verloren hätte, und was würde er als Kaufmann noch mehr verloren haben! Diese Minute erhalte ich Briefe, daß alles außer Gefahr sey, diese Minute eile ich zu Wilhelminen, um derjenigen meine Freude zu zeigen, der ich meinen Schmerz verbarg und Wilhelmine

WILHELMINE. Wilhelmine nimmt den redlichsten Antheil an Ihrer Zufriedenheit und liebt Sie allein sie muß gehorchen! –

VALER. Gehorchen Sie Ihrem Herzen, und laßen Sie uns glücklich seyn.

WILHELMINE. Ich werde es nie ohne den Beifall meines Vaters seyn. O Valer! warum wüsten Sie sich nicht in einen Mann zu schicken, der bei allen seinen Grillen ein gutes Herz besitzet? Wie leicht Es ist alles zu spät Valer soll der Deine nicht seyn, sagte mein Vater. Er ist in allen Dingen zu unordentlich. Du sollst

VALER. Ledig bleiben?

WILHELMINE. Einen andern heirathen.

VALER. O das ist zu viel für eine zärtliche Seele! Ist denn gar kein Mittel übrig? Denkt! redet! Johann, Lisette! Ist denn gar kein Mittel übrig, einen grausamen Vater auf andere Gedanken zu bringen? Er nennt mich unordentlich! Womit hab ichs verdient?

LISETTE *ahmt Orbilen in der Rede nach.* Das will ich Ihnen gleich sagen, Herr Valer! Sagen Sie mir doch zum Exempel, wenn ist heute die Sonne aufgegangen?

VALER. Des Morgens.

LISETTE. Wenn wird sie untergehn?

VALER. Des Abends.

LISETTE. Was? Sie wißen nicht, wenn die liebe Sonne auf- und unter geht? und wollen ordentlich seyn? Die Secunde muß Ihnen bekannt seyn! Wie wollen Sie Ihre Uhr richtig stellen wie?

VALER. Darum bekümmre ich mich wenig.

LISETTE. Und eben darum sollen Sie auch Jungfer Wilhelminen nicht haben.

VALER. Ists möglich, daß ein vernünftiger Mann auf solche Thorheiten verfallen kann und

WILHELMINE *spröde.* Vergeßen Sie nicht, daß dieser Mann mein Vater ist

VALER. Warum will er der meinige nicht seyn? *Wird aufgebracht.* Grausame! hab ich verdient, daß auch Sie sich wider mich verschwören? Fodern Sie mein Leben, ich opfre es Ihnen gerne hin allein meine Liebe Sie haßen mich Tod!

JOHANN *fällt geschwinde ein.* Erlauben Sie, ich habe nur eine kleine Bitte vor Ihrem Ende.

VALER. Schweig!

JOHANN. Sie können doch nichts mitnehmen, lieber Herr Valer! Was kommts Ihnen darauf an, daß Sie einem armen Teufel wie ich

VALER. Schweig, sag ich.

JOHANN. Ich will ja nicht Ihr ganzes Vermögen, das wiederum, dem Himmel sey Dank! in Sicherheit ist. Nur ein Legat, Herr Valer, daß Lisette und ich Hochzeit machen können Wir wollen erkänntlich seyn und auf Mittel denken, den Herrn Orbil von seiner Meinung abzubringen. Nicht wahr, Lisette?

LISETTE. Ich verspreche es

JOHANN. Und ich bin Bürge; aber eine Schwürigkeit fällt mir ein, die nicht so leicht zu heben ist; wenn Herr Orbil auf andere Gedanken kommt, und meinem Herrn seine Tochter giebt so stirbt er ja nicht und unser Legat

VALER. Wenn es dieses alles wäre: so sollt ihr auf meinen Tod nicht warten dörfen.

JOHANN. Wenn das ist *Sieht Lisetten an.*

LISETTE. So sollen Sie Wilhelminen haben.

VALER. Verzeihen Sie, schönste Wilhelmine! Wenn meine Hizze Sie beleidiget hat. Wie glücklich würden wir seyn, wenn der Anschlag

WILHELMINE. Hoffen Sie nicht zu geschwinde, Valer! Wie gerne bin ich die Ihrige

LISETTE *sieht nach der Stubenuhr.* Eilen Sie Geschwinde, sage ich! Es ist gleich Eins. Herr Orbil hat mich herbestellt, ohne Zweifel, um mir seine neue Absichten mit Jungfer Wilhelminen anzuvertrauen. So bald ich diese weiß Verlassen Sie sich auf mich

WILHELMINE. Leben Sie wohl, Valer.

VALER *küßt ihr die Hand.* O vergessen Sie nicht, daß ich ohne Sie nicht leben kann *Sie gehen an verschiedenen Orten ab.*


*Der neunte Auftritt.*


LISETTE *allein.* Was thut man nicht vor ein Legat? Ich habe doch wohl nicht zu viel übernommen? Ich glaube nicht Wenn ich nur erst Wilhelminens neuen Bräutigam weiß: so wird es mir ein leichtes seyn, ihn bei Orbilen verdächtig zu machen. Ich sage und was? ich sage: daß er nicht alle Sonnabende ein weißes Nachthemde anlegt, sondern zuweilen 14 Tage noch beßer! ich sage: daß er mondsüchtig ist Es müßte doch mit unrechten Dingen zugehen, wenn mir der Alte nicht auf mein ehrlich Gesicht glauben solte. Valoren lehre ich aus, sich aufs beste in Orbils Weise zu schicken zwey Taschenuhren soll er anlegen 3 Stück Kalender Seine Bekümmerniß wegen seines Vaters Vermögen hebt seine vorige Unordnung Es geht gut Da kommt Herr Orbil.


*Der zehnte Auftritt.*


*Lisette und Herr Orbil.*


HERR ORBIL *noch ehe er zu sehen ist.* Lisette!


LISETTE. Herr Orbil.


ORBIL. Seyd ihr auch da? *Sieht nach seiner Uhr.*


LISETTE. Ohnfehlbar.


ORBIL. Hört mein Kind! ihr habt mir treu und redlich gedient. Es sind 3 Jahr, *Er denkt etwas nach.* ein Viertel und heute 15 Tage die Stunde ist mir entfallen, da ihr in den Dienst kamt.


LISETTE. Es war in der Abenddämmerung.

ORBIL. Das kann wohl seyn! allein ihr hättet sollen die nähere Bestimmung merken.


LISETTE. Es war so zwischen Vesperbrot und Abendeßen.


ORBIL. O damit könnt ihr euch nicht aushelfen. Ihr hättet sollen die Stunde merken. Erinnert mich, daß ich sie in meinem großen Hauskalender nachsehe.


LISETTE. Und wenn befehlen Sie, daß ich Sie erinnern soll?


ORBIL. Das war eine vernünftige Frage. Nehmt etwas davor zu Stecknadeln. Morgen um Ich will euch gleich sagen Morgen um Die Sache ist von Wichtigkeit je nun! Wenn ihr einmal mein Haus verlaßet Ihr sollt mir keine Minute über euer Jahr bleiben: das bringt wenig Seegen ins Haus, wenn man seine Bedienten über die Zeit zum Dienst zwingt. Bewahre mich der Himmel! keine Minute drüber, wie ich sage, keine Minute Erinnert mich morgen! aber um welche Zeit? *Er zählt nachdenkend.* 6. 7. 8. 9. 10. Ich bin besetzt. Hört nur: Morgen, um um


LISETTE. Ach lieber Herr Orbil! martern Sie sich nicht Sie können sich ja mit dem Morgensegen etwas fördern, so daß Sie 3 Viertel auf sieben fertig sind, und alsdenn gewinnen Sie eine ganze Viertelstunde im Kalender


ORBIL. Nein! das geht nicht, Lisette! aber ich will das Lied weglaßen, womit ich sonst meine Arbeit anfange Ich pflege dieses mehrmals zu thun, wenn es ein Werk der Liebe und der Noth erfordert und dieses Lied währt eine halbe Viertelstunde ich sage eine halbe Viertelstunde. Ihr könnt also 45 Minuten auf 7 anfragen. Es bleibt dabey


LISETTE. Und das ist alles was Sie mir zu befehlen haben?


ORBIL. Nein! Lisette, ich will euch eine Sache offenbaren, die das Wohl meiner Tochter betrift. Ich will sie verheirathen.


LISETTE. Doch wohl an einen ordentlichen Mann?


ORBIL. Ja, Lisette, und das ist eben die Ursache, weswegen ich sie Valeren nicht geben will. Er ist zu unordentlich.

LISETTE. Und wen haben Sie in seine Stelle im Vorschlage, wenn ich fragen darf?

ORBIL. Es ist der Magister Blasius, ein Mann, deßen Lebensart mir nach der Beschreibung eines guten Freundes ausnehmend gefallen hat. Er thut alles auf den Glockenschlag. Nur gestern habe ich ein Programma von ihm gesehen, worinnen er seine Arbeiten öffentlich anzeiget. Vortreflich! von 7 bis 8. von 8 bis 9. von 9 bis 10. von 10 bis 11. von 11 bis 12. von 1 bis 2. von 2 bis 3. von 3 bis 4.

LISETTE UND ORBIL *zusammen.* Von 4 bis 5. von 5 bis 6. von 6 bis 7.

LISETTE *vor sich.* Das verfluchte Programma verrückt mir mein ganzes so Koncept. *Zu ihm.* Allein, Herr Orbil, auf diese Art wird der Herr Magister wenig Zeit zum Heirathen übrig haben Wie wird er seiner Braut die nöthigen Aufwartungen

ORBIL. Es sind jetzo Ferien, die der Magister füglich zu seiner Heirath anwenden kann Von vielen Aufwartungen und andern dergleichen Poßen bin ich kein Liebhaber. Ehrlich und ordentlich! Ehrlich und ordentlich! Die Verlobung würde schon heute geschehen seyn, wenn ich nicht den Magister vorhero selbst sprechen wolte. Sein Vetter, der Herr Simon hat mir so viel gutes von ihm gesagt.

LISETTE. Herr Simon?

ORBIL. Ja Herr Simon, ein naher Anverwandter des Magisters, mein 7 jähriger Freund, ein Mann von altem Schroot und Korn. Ich habe von ihm 3 Exemplare vom angeführten Programma in Goldpapier erhalten. *Er zieht sie heraus.*

LISETTE *vor sich.* Das verfluchte Programma, es wird mir noch das Herz abstoßen. *Zu ihm.* Aber da Herr Simon ein Anverwandter vom Magister ist

ORBIL. So könnte er partheisch seyn: da habt ihr Recht, mein Kind, und dies ist eben die Ursache, weswegen ich die Verlobung bis übermorgen ausgesetzt habe.

LISETTE. Bis übermorgen?

ORBIL. Ja übermorgen, wenn ich leben und gesund bleibe, um 2 Uhr Nachimttage *Allein* es sind schon 4 Minuten über die Zeit, daß ich den Magister herbestellet habe. Vormittage ist er gar ausgeblieben. Ich will ihn abwarten und seine Entschuldigungen vernehmen Krankheit entschuldigt aber wieder zwey Minuten

LISETTE. Soll ich –?

ORBIL. Bleibt, damit ihr meiner Tochter ihren künftigen Ehemann desto beßer beschreiben

LISETTE. Aber mit Ihrer Erlaubniß Herr Orbil: so ists keine große Ordnung, des Morgens auszubleiben und jetzo 6 Minuten

ORBIL. Es sind schon 8. Er kommt


*Der eilfte Auftritt.*


*Die Vorigen. Der Magister.*


ORBIL. Wie so spät, wie so spät, lieber Herr Magister? Ihr Herr Vetter der Herr Simon, hat mir so vorzügliche Gesinnungen von Ihnen beygebracht, daß ichs mir zur Ehre rechne mit Ihnen genauer bekannt zu werden.

DER MAGISTER. Es ist mir gleichfalls ein wahres Vergnügen mit Ihrem Hause in neheren Verbindungen zu stehen. De tanto honore mihi gratulator würde sich hier der Lateiner nicht unschicklich ausdrücken.

LISETTE *vor sich.* Das ist ohne Zweifel wieder etwas aus dem Programma. Ich vergehe

ORBIL. Ihr Herr Vetter hat Ihnen ohnfehlbar gesagt

DER MAGISTER. Daß Sie eine liebenswürdige Tochter hätten und sapienti sat. Sie verstehen mich doch?

ORBIL. Nicht so ganz vollkommen Herr Magister! *Vor sich.* Er geht mir gar zu geschwinde; ich muß ihn erst beßer kennen lernen. *Zu ihm.* Mit meinem Latein ist es eben nicht so recht bestellt. Gottlob daß ichs nicht nöthig habe. Ich lebe von meinen Renten, und liebe die Ordnung.


DER MAGISTER. Ordo est mater studiorum. Die Ordnung ist die Mutter des Studirens und da ohne die lateinische Sprache, die wir Gelehrten


ORBIL. Ja, ja Herr Magister! das kann alles seyn! Allein wie ich Ihnen sage, im Latein habe ichs eben nicht weit gebracht. Auf Universitäten bin ich nie gewesen, weil es damals sehr unordentlich auf denselben hergieng, und aus der Schule habe ich auch nichts mehr behalten, als *Schreit als ein Schulknabe.* audita est hora septima octava nona Wie schön das noch in meinen Ohren klingt, das kann ich Ihnen nicht sagen.


DER MAGISTER. Sie haben recht. Es läßt sich schon hören, und es wundert mich, daß unsere Nachtwächter nicht höheres Orts befehligt werden, auf eine nämliche Weise die Stunden anzuzeigen, wenigstens in den Straßen, wo Gelehrte wohnen.


ORBIL. O laßen Sie mir die Nachtwächter zufrieden. Das sind meine Leute. Der ehrliche Mann in meiner Straße Er sollte Erzpriester seyn wenn es auf mich ankäme. Eine Stimme wie eine Sturm-Glocke, und so genau! immer beym ersten Schlage, beim ersten Schlage


DER MAGISTER. Das ist schon alles gut, lieber Herr Orbil, aber die deutsche Reimlein, die solche Leute


ORBIL. Ach! hie kommt es ja nicht auf die Worte, sondern auf die Ordnung und auf die Stimme an. Ich versichere Sie, daß der in unserer Straße *Er sieht nach der Uhr.* Es ist über ein Viertel! Wie geschwinde die Zeit verläuft aber um auf unsere Hauptmaterie zu kommen: so habe ich so wohl aus Ihrem gelehrten Gespräch


LISETTE *vor sich.* Vom Nachtwächter.


ORBIL. Als auch aus dem Programma, so mir Herr Simon von Ihnen eingehändiget hat *Er sucht es, indem sagt.*


LISETTE *vor sich.* Wenn es auch von derselben Materie handelt: so muß es eben nicht schwer seyn Magister zu werden.

ORBIL. Zur Gnüge ersehen, wie rühmlich Ihre Art zu leben ist Doch um desto mehr möchte ich gerne die Ursache wissen, warum Sie heute Vormittage

DER MAGISTER. Sie bringen mich auf eine Sache, weswegen ich mich eben jetzt mit meinem Vetter, dem Simon, eine halbe Stunde gezankt habe, und es fehlte nicht viel, daß es nicht a verbis ad verbera gekommen wäre.

ORBIL. Nun?

DER MAGISTER *vor sich.* Der Mann scheinet gar nicht so wunderlich zu seyn, wie mein Vetter ihn beschreibt Man kann frei mit ihm reden. *Zu ihm.* Die Wahrheit zu sagen, Herr Orbil, mein Vetter ist ein Kaufmann und solche Leute glauben, daß es mit gelehrten Werken eben so, wie mit Handlungsbriefen zugehe, die man schreiben muß, weil es Posttag ist. Eine Dissertation ist doch zum Henker kein Wechsel! Ich finde Sie billig, Herr Orbil, und gar nicht so, wie Sie mir mein Vetter aufgedrungen hat Ich will Ihnen alles sagen Ich schreibe eine Dissertationem durch die ich mir wohl Professionem extraordinariam zu weg bringen möchte. Je nun! bey solchen Arbeiten kann man nicht die Stunde halten! Non quauis hora fit Mercurius könnte man hier nicht unfüglich sagen. Man muß abwarten, bis man zu dergleichen Sachen aufgelegt ist Bei meinem specimine pro gradu bin ich so oft mitten in der Nacht aufgesprungen, wenn mir ein guter Einfall ankam

LISETTE *vor sich.* Vortreflich! Sie bekommen einen Korb Herr Magister! würde sich hier der Deutsche nicht unschicklich ausdrücken.

ORBIL *vor sich.* Was hör ich! Simon ist ein Betrüger. Ich will den Magister ausholen *Zu ihm.* Belieben Sie nur fortzufahren, wenn Sie so gütig seyn wollen. Ihre Aufrichtigkeit

DER MAGISTER. Und nur vor einigen Tagen sagte ich zu meinen auditoribus mitten in der Stunde: Commilitiones generosi atque nobilissimi! mir ist übel! und schafte mir dadurch Gelegenheit, die guten Gedanken zu Papier zu bringen, die mir während dem Lesen eingefallen waren. Bei uns Gelehrten ist es am besten, wenn man schwarz auf weiß hat. Memoria est labilis Doch Sie scheinen beschäftigt zu seyn, lieber Herr Orbil Man kann es Ihnen ansehen Lassen Sie uns ad rem schreiten. Wenn ich erst meinen Endzweck erhalte: so kommt mein Vetter mit der Zeit auch wohl auf andere Gedanken

ORBIL *vor sich.* Ich habe gnug gehört! Himmel, ist denn gar kein ordentlicher Mann in der Welt?

*Der zwölfte Auftritt.*


*Die Vorigen. Wilhelmine.*


WILHELMINE. Es hat geschlagen, lieber Herr Vater.


DER MAGISTER *zu Orbil.* Die Jungfer Tochter ohnfehlbar der Gegenstand *Zieht sich ein Paar weiße Handschuh auf, hustet und bereitet sich pedantisch vor. Vor sich.* Quod Deus bene vertat. *Zu ihr.* Ich bin herzinniglich erfreuet


ORBIL *verlegen, zu ihm.* Was ich Ihnen sagen will, lieber Herr Magister, und also *Zu ihr.* Geh nur, meine Tochter, über eine Viertelstunde werde ich allein seyn.


WILHELMINE *vor sich.* Das ist mir alles bis auf die weißen Handschue und den lateinschen Scharfuß des guten Pedanten, ein unauflößliches Räthsel. *Zu ihnen beyden mit einer Verbeugung.* Ich empfehle mich


ORBIL. Ohne Umstände meine Tochter, ohne Umstände. *Zu Lisetten.* Der heutige Tag ist voll Verwirrung. Laß uns allein Lisette: Ich will ihm frei heraus sagen, was ich denke.


LISETTE *zu ihm.* Ich gehe. *Vor sich.* Zu Valeren, um ihn zu einer Rolle vorzubereiten, die ohnfehlbar sein Glück machen wird. *Sie geht.*


DER MAGISTER. Welch eine vortrefliche Tochter Herr Orbil. Ich habe nichts schöners in meinem Leben gesehen. Venerem ipsam superat! *Vor sich.* Ich muß ein Ende machen! Mein Vetter


ORBIL. Der Herr Simon er ist sonst ein guter Freund von mir gewesen


DER MAGISTER. Und ich glaube, daß ers seines kleinen Eigensinns ungeachtet auch bleiben wird. Errare humanum est.


ORBIL. Ach ja, ich liebe Freunde und Feinde, und beide kommen zu verschiednen malen in meinen Hausandachten vor.

DER MAGISTER *vor sich.* Man muß es ihm näher legen. *Zu ihm.* Herr Simon hat mir gesagt, daß ich herbestellt wäre, und warum, lieber Herr Orbil? *Er lächelt.*

ORBIL *vor sich.* Ich vergehe vor Verwirrung was soll ich sagen? *Zu ihm.* O lieber Herr Magister, ich wollte mir nur Ich wolte mir nur eine kleine Dißertation machen laßen

DER MAGISTER. Sie scherzen

ORBIL. Ganz und gar nicht, ganz und gar nicht, lieber Herr Magister, man hat mir gesagt, daß man sie bei Ihnen sehr gut gemacht bekäme.

DER MAGISTER *voll Zutrauen.* Ich bin hergekommen *Lächelt.*

ORBIL. Wie ich Ihnen sage Herr Magister und für Ihren Gang darf ich wohl so frei seyn, eine Kleinigkeit

DER MAGISTER *vor sich.* Ich versteh ihn nicht. Er ist zu gutherzig. *Zu ihm.* Nein Herr Orbil, nimmermehr

ORBIL. Es ist gutes Geld. Ich bin nicht gewohnt, verrufnes bei mir zu tragen.

DER MAGISTER. Sie sind gar zu gütig; behalten Sie doch Ihr Geld, wenn ich Ihr Schwiegersohn bin, so

ORBIL. Mein Schwiegersohn?

DER MAGISTER. Nun ja! mein Vetter hat mir alles gesagt, und auf meine Verschwiegenheit können Sie sich verlassen. Vor den Sponsalibus soll nichts auskommen

ORBIL. Davon kann nichts werden.

DER MAGISTER. Was? Sie wollen Ihr Wort brechen?

ORBIL. Ich habe Ihnen nichts versprochen.

DER MAGISTER. Aber meinem Vetter.

ORBIL. Ihr Vetter ist ein Mann ohne Treu und Glauben.

DER MAGISTER. Herr Orbil!

ORBIL. Herr Magister!

DER MAGISTER. Wissen Sie auch, mit wem Sie sich einlassen?

ORBIL. Mit einem Manne ohne Ordnung!

DER MAGISTER. Was? Ich, Ioannes Godofredus Blasius, Philosophiae et artium liberalium Magister?

ORBIL. Ich, Johann Christoph Orbil, Herr in meinem Hause!

DER MAGISTER. Autor immortalis!

ORBIL. Vater einer tugendhaften Tochter!

DER MAGISTER. Der es mit Ihnen gerichtlich ausführen kann, wenn Sie sich nicht bei Zeiten vergleichen.

ORBIL. Der sein Hausrecht brauchen wird, wenn Sie nicht gehen.

DER MAGISTER. Was? ich rufe alle 9 Musen zu Zeugen!

ORBIL. Und ich alle meine Stubenuhren.

DER MAGISTER. Hätte ich nur meinen letzten Respondenten mit, der sollte es auf der Stelle durch den Degen mit Ihnen ausmachen. Wir sprechen uns vor Gericht coram Praetore.


ORBIL *nimmt ihm beim Arm.* Entweder Sie gehen, oder


DER MAGISTER. O hominem audacem. *Er droht und geht ab.*


*Der dreyzelmte Auftritt.*


ORBIL *allein.* Dem Himmel sei gedankt, daß ich ihn los bin! So giebt es also keinen ordentlichen Menschen in der ganzen Welt? Valerens Uhr sie steht und der Magister, auf den ich meine einzige Hofnung setzte, schreibt Disputationen O das ist ärger als alles zusammen, was ich von Valeren weiß Mitten in der Nacht aufzuspringen während den Stunden übel zu werden und also *Er schreit.* gedruckt zu lügen. O der Verräther der Simon! Welche Verwirrung hat er rings um mich herum gemacht. Ich weiß gar nicht, was ich anfangen soll *Er sieht nach allen seinen Uhren.* Wäre es wohl ein Wunder, wenn bei einem so allgemeinen Gräuel im Hause alle meine Uhren eine Pause machen möchten wäre es ein Wunder? Meine Tochter ist herbestellt; allein wenn ich diese Minute sterben soll: so weiß ich nicht zu welcher Stunde. Sie kam in der größesten Verwirrung. O an den Magister werde ich denken! Wenn Valer doch ordentlich wäre ich würde ihm meine Tochter geben, um mich blos am Magister zu rächen Allein jetzo O das ist himmelschreyend, daß kein ordentlicher Mensch auf dem ganzen Erdboden ist Wer ist da? Es ist Lisette


*Der vierzehnte Auftritt.*


*Orbil. Lisette.*


LISETTE *will zu ihrer Herrschaft gehen.*


ORBIL. Wohin Lisette?


LISETTE. Zu meiner Jungfer.

ORBIL. Hört!

LISETTE. Um Vergebung; ich bin nicht herbestellt. *Will gehen.*

ORBIL. Hört, sage ich euch. Was denkt ihr vom Magister?

LISETTE. Daß Sie ihm Ihre Tochter geben werden?

ORBIL. Und woher?

LISETTE. Weil er ein ordentlicher Mann ist.

ORBIL. Was? habt ihr nichts von der verdammten Disputation gehört?

LISETTE. Kein Wort, Herr Orbil, ich habe gnug mit dem Programma zu thun gehabt, daß

ORBIL. Denkt mir nicht mehr an das verfluchte Programma, deßen unter andern elenden Kunstgriffen sich Herr Simon bedienet hat, mich für seinen Vetter einzunehmen. Der abscheuliche Kerl.

LISETTE. Wer, Herr Orbil, Simon oder der Magister?

ORBIL. Alle beide. Indessen muß ich dem Magister doch mehr Ehrlichkeit zueignen als seinem Vetter dem Treulosen

LISETTE. Dem Heuchler!

ORBIL. Dem Spitzbuben!

LISETTE. Dem Verräther!

ORBIL. Ich mag ihn nicht schimpfen.

LISETTE. Ich auch nicht.

ORBIL. Allein ein Bösewicht bleibt er in meinen Augen so lange er lebt.

LISETTE. Und in den meinigen desgleichen.

ORBIL. Ich unglücklicher Vater!

LISETTE. Das sind Sie nicht bei einer so schönen und tugendhaften Tochter.

ORBIL. Was soll ich aber mit ihr anfangen?

LISETTE. Sie dem Herrn Valer geben!

ORBIL. Dem Valer, dem unordentlichen Menschen, ohne Taschenuhr, und ohne Ordnung

LISETTE. Erlauben Sie, Herr Orbil. Ich habe ihn nur noch heute mit 2 Uhren gesehen.

ORBIL. Mit zwey Uhren?

LISETTE. Wie ich Ihnen sage, eine hie, eine da *Sie zeigt an beide Seiten.* und ich vermuthe sehr, daß er auch eine statt der Tobacksdose bei sich gehabt hat.

ORBIL. Das wäre viel! Eine solche Veränderung würde aber ich habe es doch von allen seinen Nachbarn, daß er beim Aufstehen und Niederlegen nicht die gehörige Zeit halten und überhaupt

LISETTE. Ach! die böse Welt Herr Orbil! glauben Sie doch nicht alles, was die Leute sagen. Denken Sie nur an Herrn Simon

ORBIL. Ja der verwünschte Simon! Ich nehme mir ordentlich vor, eine ganze Stunde auf ihn zu schelten wenn ich einmal Zeit haben werde. Er hat mir so viel gutes vom Magister gesagt

LISETTE. Und eben so viel böses haben die Nachbarn vom Herrn Valeren gesagt. Die Welt ist böse! und gesetzt, daß auch Herr Valer zuweilen in einigen Stücken nicht ordentlich genug gewesen: so wäre es ihm sehr leicht zu vergeben. Ich kenne seinen Bedienten, der hat mir versichert, daß er wegen des Vermögens seines Vaters, der, wie Sie wißen, einer der ansehnlichsten Kaufleute in Berlin ist, so zärtlich besorgt gewesen, daß seine Melancholie zuweilen seine Liebe zur Regelmäßigkeit unterbrochen hat. Jetzt ist sein Vater außer Gefahr, und ich wollte meinen Kopf sezzen

ORBIL. Ha! Nun weiß ich die Seufzer zu verstehen, womit er mich zuweilen geärgert hat. Der arme Mensch! ich fange ihn an zu lieben

LISETTE. O das verdient er vollkommen, Herr Orbil. Ein Mensch von einem so großen Vermögen, das nunmehro in Sicherheit

ORBIL. Das ist das wenigste, das wenigste: aber die 2 Taschenuhren, von denen ihr mir gesagt habt

LISETTE. Einem so schönen Körper

ORBIL. Die er bei sich trägt

LISETTE. Und einer noch schönern Seele

ORBIL. Und die alle beide gehen.

LISETTE. Ohne an sein Amt zu denken, welches ihm zu Aussichten verhilft

ORBIL. Aber was denkt ihr, ob es Schlaguhren sind?

LISETTE. Ach! Sie reden auch immer von Ihren Uhren. Ja freilich sind es Schlaguhren, *Vor sich.* wenn ich nicht irre.

ORBIL. Das übersteigt alle meine Erwartung! Ich sollte denken, daß sich Herr Valer derselben auf die gehörige Art, beim Eßen Trinken Aufstehen und Schlafengehen *Pedantisch. &c. &c. &c.* bedienen werde.

LISETTE. Zweifeln Sie daran, Herr Orbil? Wer ein Amt hat, der hat Verstand, und wer 2 Uhren trägt, der sollte nicht ordentlich seyn? Ich versichere Sie, daß mir sein Bedienter Dinge erzählt

ORBIL. Ich bin überzeugt Geh Lisette! laufe, bitte ihn zu mir. Ich will seine Uhren sehen ich will sie schlagen hören, ich will von allem ein Augen- und Ohrenzeuge seyn, und finde ichs so, wie du sagest: so will ich ihn bitten, daß er meine Tochter heirathen und


*Der fünfzehnte Auftritt.*


*Die Vorigen. Valer und Johann.*


ORBIL. Ich heiße Sie willkommen, Herr Valer, ich heiße Sie willkommen! *Sieht nach den Uhren des Valers.*

VALER. Vergeben Sies, Herr Orbil, wenn ich Sie unterbreche

ORBIL. Ein ordentlicher Mann unterbricht mich niemals, allein ehe Sie sich sezzen, laßen Sie uns doch sehen, ob unsere Uhren übereinstimmen.

VALER. Minuten auf 4.

ORBIL. Minuten auf 4. Richtig richtig Jetzt bitte ich zu sizzen.

VALER. Um Vergebung, Herr Orbil. Ich darf mich nicht eher niederlaßen, als bis es 5. schlägt ich habe gewiße Stunden festgesetzt, da ich stehe, gewiße Stunden, da ich sitze gewiße Stunden, da ich gehe

JOHANN *vor sich.* Gewiße Stunden, da ich ich dem Orbil eine Nase drehe, gewiße Stunden, da ich meinen Johann durchprügele, und was das beste ist, gewiße Stunden, da ich mich von ihm betrügen laße.

ORBIL. Schön, Herr Valer! darum muß ich Sie umarmen. Setzen Sie sich ja nicht vor 5. Ich stehe zur Gesellschaft mit

VALER. Ich habe es zu meiner Schuldigkeit gerechnet, mich Ihnen in einer Lage zu zeigen, in der ich Ihnen noch vollkommen unbekannt bin. So natürlich sie mir auch ist, so hat mich doch das unbestimmte Schicksal meines Vaters

ORBIL. Ich bin von allem unterrichtet und nehme recht großen Antheil an Ihrer Zufriedenheit.

VALER. Ein Kaufmann verliert mit seinem Vermögen nicht blos, was andre Leute verlieren, wenn sie arm werden, sondern auch seinen guten Namen, und welch ein Verlust ist das? Mein Vater der redlichste Mann war bey den fast allgemeinen Banquerotten in der grösten Gefahr. Wie sehr habe ich vor ihn gezittert! Die Verwirrungen, womit ich meinen Freunden beschwerlich gewesen

ORBIL. O das ist alles vergeben und vergeßen! lieber Herr Valer! Wir sind alle schwache Menschen. Ist es mir doch selbst anno 40 den 1 April bei ganz ungewöhnlichen Kopfschmertzen meiner seligen Frauen fast eben so gegangen. *Leiser.* Ich vergaß alle meine Uhren aufzuziehen alle meine Uhren. Es bleibt unter uns, Herr Valer Ich wundre mich folglich gar nicht, daß bei so vieler Unruhe Ihres Herzens Ihre Uhren stehen geblieben und dem Himmel sei Dank, daß diese Zeit vorbei ist!

VALER. Und damit sie nie wiederkommen möge, ist mein Vater entschlossen, den Rest seines Lebens auf einem kleinen Landgut zuzubringen, und mir bei seiner eingeschränkten Lebensart ein Capital abzutreten, wovon ich auf eine anständige Weise leben kann.

ORBIL. O das sind ja vortrefliche Nachrichten aber Sie scheinen mir bei dem allen doch noch so verlegen

VALER *zieht seine Uhr aus.* Sie treffen mich zu genau, als daß ich Ihnen die Ursachen dieser Verlegenheit länger verschweigen sollte. Nur noch 15 Minuten, und alsdenn sind es eben 50 Jahre, daß mein Vater sich mit meiner Mutter verband.

ORBIL. 15 Minuten?

VALER. 15 Minuten!

ORBIL. 50 Jahre?

VALER. 50 Jahre!

ORBIL. Das ist ein merkwürdiger Umstand!

VALER. Ja und eben dieser merkwürdige Umstand bringt mich auf eine Bitte, die mein ganzes Herz an Sie thut. Ich liebe Ihre Tochter

ORBIL. Ja, Herr Valer! ja Sie sollen sie haben; aber ich beklage nur, daß Sie nicht an eben dem Tage, zu eben der Stunde sich mit ihr verloben können, da vor 50 Jahren Ihr Herr Vater O Herr Valer, warum haben Sie nicht seine Einwilligung bei Zeiten besorgt?

VALER. Wenn dieses die einzige Schwierigkeit ist, so ist sie bereits gehoben. Hier ist die Einwilligung meines Vaters. *Er gibt ihm einen aufgebrochenen Brief.* Seit dem ich Ihre Tochter gesehen habe, habe ich sie geliebet. Sie schien mit meiner Neigung zufrieden zu seyn, und da ich von ihrem Vater keine abschlägige Antwort befürchtete: bat ich den meinigen

ORBIL *liest den Brief und sagt im Lesen.* Ich kenne seine Hand. Der alte redliche Mann *Sieht nach dem dato und liest laut.* In höchster Eil Berlin den 10 October *Denkt einwenig nach.* den 10 October, eben den Tag, da ich vor 20 Jahren meine Leibuhr auf einer Auktion ankam. Sie haben sie doch gesehen, die große Uhr im Saal Es ist ein feines Werk! den 10 October! Was für Denkwürdigkeiten vereinigen sich heute zu Ihrem Vortheil, Herr Valer *Sieht nach der Uhr.* Wir haben keine Zeit zu verlieren! Ich gehe nach meiner Tochter! über drey Minuten bin ich hier!

*Valer. Lisette. Johann.*


LISETTE. Wie vortreflich Sie Ihre Rolle spielen können: man sollte glauben, daß man in der Comödie wäre.


VALER. Das macht die Liebe, und da die Einwilligung meines Vaters als die Hauptsache gegründet ist: ja da mein Vater würklich in diesem Jahre seine silberne Hochzeit feiret: so glaube ich, daß die übrigen Episoden mir zu keinem Vorwurfe gereichen werden.


JOHANN. Wenn Sie nur unser Legat nicht zu den wie heißen sie Pisoden rechnen: so hat es nichts zu bedeuten, aber


*Der siebenzehnte Auftritt.*


*Die Vorigen. Orbil. Wilhelmine.*


VALER. Schönste Wilhelmine, endlich bin ich so glücklich


WILHELMINE *zugleich.* Liebster Valer, die Schwürigkeiten


ORBIL. Kein Wort, kein Wort, daß wir nicht die Zeit verfehlen Es ist gleich 4! *Hält beständig die Uhr in der Hand. Nach einer kleinen Pause zu seiner Tochter.* Jungfer Wilhelmina Orbil! Willst du dich mit dem Herrn *Zu Valeren.* Vor- und Zunahmen?


VALER. Samuel Gottlieb!


ORBIL *fährt fort zu Wilhelminen.* Samuel Gottlieb Valer ehelich verloben?

WILHELMINE. Ja!


ORBIL. Zu früh! *Legt ihre Hände in einander.* ihr antwortet beide zusammen, wenn ich euch ein Zeichen geben werde *Zu Valeren.* und Sie, Herr Samuel Gottlieb Valer, wollen Sie sich mit meiner Tochter: Wilhelmina Orbil auf Ihre ganze Lebenszeit verbinden? Still! noch eine Secunde! *Er giebt ein Zeichen mit dem Fuße.*


VALER UND WILHELMINE *sagen zusammen.* Ja!


ORBIL. Puncto 4! und nun gebe ich euch meinen väterlichen doch nein, damit alles seine gehörige Zeit habe: so will ich mit meinem väterlichen Segen noch eine Viertelstunde warten. Jetzt könnt ihr reden, so viel ihr wollt!


WILHELMINE *zärtlich.* Valer!


VALER. Wilhelmine!


JOHANN. Ach Herr Orbil! wollen Sie wohl in dieser Viertelstunde noch ein gutes Werk stiften? Wenn Sie nur wüsten, wie schön es Ihnen läßt! Ich will gerne mit Lisetten auch auf einmal antworten; und was noch mehr, so ist heute meiner selgen Großmutter Nahmenstag gewesen Sie hieß Sie hieß wie der heutige Tag im Kalender!


ORBIL. O mein Sohn! Namenstag und Verlöbniß stehn in keiner Verhältniß, aber wenn ihr sonst ein ordentlicher Mensch seyd


JOHANN. Daran fehlts nicht, Herr Orbil: seit dem sich mein Herr geändert hat: nehme ich keine Priese Toback, ohne daß ich vorher nach der Uhr sehe; und ich würde mir alle Haar aus dem Kopf reißen, wenn ich in einer Stunde mehr als in der andern denken sollte.


ORBIL. Der Kerl gefällt mir! *Zu Valeren.* Sind Sie mit ihm zufrieden?


VALER. Vollkommen!


ORBIL. Tretet näher! *Sie treten zusammen, reichen die Hände und schreyen.* Ja!

ORBIL. Zu früh! Ihr seyd ein Paar Dienstboten und *Zu Johann.* wenn ist euer Jahr zu Ende?


JOHANN. Ich heiße Johann Triller!


ORBIL. Der Mensch ist vor Freude, eine Frau zu bekommen, außer sich, *Zu Valeren.* wenn ist sein Jahr zu Ende, Herr Schwiegersohn?


VALER. Ueber 14 Tage.


JOHANN. Des Morgens um 6 Uhr.


ORBIL. Gut, über 14 Tage des Morgens um 6 Uhr soll eure Verlobung seyn: und wenn Lisettens Jahr um ist: so haltet ihr die Hochzeit Die Stunde will ich nachsehen, wenn sie in Dienst gekommen ist. Es wäre gut wenn sie in dieser Stunde kopulirt werden könnte. *Er erschrickt.* Himmel! Da kommt der Magister!


*Der achtzehnte Auftritt.*


*Die Vorigen. Der Magister.*


ORBIL. Sie können mich zu nichts zwingen, Herr Magister, meine Tochter ist vergeben und wenn alle Collegia


DER MAGISTER. Ich komme nicht aus dieser Ursache Herr Orbil! O me infelicem! Ich komme mich bei Ihnen wegen der Ungerechtigkeit meines Vetters zu beklagen. Ich gehe zu ihm, um ihm von allem, was vorgefallen ist, Nachricht zu geben, und der unbesonnene Mann verbietet mir sein Haus, nimmt mir zwey Freitische, die ich wöchentlich Montag und Freitag bei ihm gehabt


VALER. Herr Vater *Sieht Orbilen bedeutend an.*

ORBIL. Ich versiehe Sie *Zum Magister.* Herr Magister! Sie können Montags und Freitags bei mir speisen, aber Puncto 12 Puncto 12! *Er sieht die Uhr heraus und thut sehr erschrocken.* Eben ein Viertel! *Zu Valeren und Wilhelminen.* Empfangt meinen väterlichen Seegen! lebt lange! und zeugt ordentliche Kinder! *Er zieht seine Schreibtafel heraus und schreibt indem er pedantisch saget.* So gegeben im Jahr von Erschaffung der Welt nach Calvisii Rechnung 5712. Von der Sündfluth 4056. Von Jerusalems Zerstöhrung 1693. Von Erfindung des Geschützes und Pulvers 383. Von Erfindung der Perpendiculuhren 106.


JOHANN *vor sich.* Wenn er nicht anführt: von Verrückung seines Haupts: so fehlt diesen Rechnungen das vornehmste.


ORBIL *welcher fortfährt.* Von Christi Geburt anno 1763, welches ein gemein Jahr ist von 365 Tagen, den 17. November nach Mittage, 1 Viertel auf 5 Uhr. Ihr könnt euch umarmen *Sie umarmen sich.* Vergeßen Sie nicht, Herr Bräutigam, daß Sie den ersten Kuß *Sieht auf die Uhr.* 16 Minuten auf 5 erhalten haben.


JOHANN. Diesmal schlägt seine Uhr nicht richtig!


DER MAGISTER. Ich nehme an allem was ich gesehen und gehöret habe mit innigem Vergnügen Antheil, und werde nicht ermangeln meine dissertation, die ich eben unter Händen habe, dem neuen Brautpaar volente Deo zu dediciren.


ORBIL. Nein Herr Magister! um des Himmels Willen! nein! wollen Sie die jungen Leute anstecken? in der Nacht aufzuspringen! Kein Wort von ihrer dissertation, wenn wir gute Freunde bleiben sollen kein einziges Wort!


DER MAGISTER. Alles nach dero gütigem Belieben mein Herr Orbil. Ich bin es zufrieden, und nehme mir vor, das zu erlebende preiszwürdige Valer- und Orbilische Myrthenfest mit irgend etwas anderem von meiner Hände Arbeit, und das aus zweien Ursachen, zu bezeichnen, wie folget: Einmal, damit ich eo ipso der Welt nicht undeutlich zu verstehen gebe, daß mir 2 Freitische aus Ihrer unverdienten Güte zugeflossen


ORBIL. Ja, ja, es ist alles wahr lieber Herr Magister, aber wenn nun die Welt zum Unglück auf andere Tage kommt als Montag und Freytag, und das ist leicht möglich! Ueberdies, wer wird die Welt darauf bringen, daß ich puncto 12 anfange, ein wichtiger Umstand wenn von meinen Freitischen geredet wird! Hören Sie nur Herr Magister, wenn man diese Sache in reifliche Erwegung zieht, so sieht man erst die bösen Folgen ein, die daraus entstehen könnten. Geben Sie ja der Welt nichts undeutlich zu verstehen es bleibt indeßen bei unserer Abrede Herr Magister, Montags und Freytags in Parenthesi Sie sind doch über 30?

DER MAGISTER. Jahre in allen Ehren und ein Lustrum drüber.


ORBIL *zu Lisetten.* Daß dem Herrn Magister nur ja ein Lehnstuhl gesetzt werde! *Zum Magister.* Ich habe es so in meiner Familie eingeführet, daß sich keines vor dem 30 Jahre eines Lehnstuhles bedienen müße, wenn es nota bene nicht eine Frau in gesegneten Umständen ist. Sie werden sich dergleichen Dinge einmal vor alle mahl merken Herr Schwiegersohn.


DER MAGISTER. Um aber von unserm Gespräche nicht abzukommen, so muß ich Ihnen pro secundo sagen, daß meine Wenigkeit das hohe Hochzeitshauß mit einigen Blümlein es sey in prosa oder in ligata ausstreuen möchte, um den nach Stand und Würden geehrten Herrn Bräutigam sole ipso illustrius et clarius zu überführen, wie wenig Feindschaft ich gegen ihn des Vorzuges wegen habe, der ihm an dem heutigen Tage durch Vater und Tochter beygeleget worden


ORBIL. Ha das läßt sich hören das ist ganz was anderes schreiben Sie immerhin was nieder und wenn Sie Doch, das möchte Ihnen wohl zu schwer fallen lieber Herr Magister ich dachte eben daran, wenn Sie ein Verschen wo die Jahrzahl hervorragt anfertigen könnten Ein


DER MAGISTER. Ein Chronostichon.


ORBIL. Getroffen das ist das rechte Wort! Ein Chro


DER MAGISTER UND ORBIL *zusammen.* Chronostichon.


ORBIL. Wilhelmine! Lisette! behaltet dieses Wort es gehen zwar 4 Secunden drauf es schadet aber nichts das Wort ist seine Secunden werth *Zum Magister.* ja wenn Sie so etwas zu der Hochzeit meiner Tochter


DER MAGISTER. Gut, Herr Orbil, das sollen Sie haben, in dergleichen Dingen bin ich ohne Ruhm zu versichern, recht stark Verlaßen Sie sich auf mich!


ORBIL. Und wenn Sie sogar den Tag anbringen könnten

DER MAGISTER. Den Tag das ist re vera ein Originaleinfall, Herr Orbil Wie doch auch Leute die nicht dem Lager der Minervä folgen Ich will sehen was meine Kunst vermag, Herr Orbil.


ORBIL. Sie sollen es mit keinem unerkentlichen Menschen zu thun haben *Sieht nach der Uhr.* 40 Minuten, Herr Schwiegersohn, nicht wahr?


VALER. Ganz richtig.


ORBIL. Lisette! Johann! setzt Stühle an! *Die Stühle werden herbeygebracht und Orbil, welcher jedes an seine Stelle zeigt, sagt indem er sich zum Sitzen vorbereitet.* Um 5 Uhr setzen wir uns alle nieder.